BERT GLATIGNY

LA

# PRESSE NOUVELLE

PRIX : 5o CENTIMES

## PARIS

ALPHONSE LEMERRE, ÉDITEUR

47, PASSAGE CHOISEUL, 47

1872

# LA

# PRESSE NOUVELLE

IMPRIMERIE TOINON ET Cᵉ, A SAINT-GERMAIN.

ALBERT GLATIGNY

# LA
# PRESSE NOUVELLE

PARIS
ALPHONSE LEMERRE, ÉDITEUR
47, PASSAGE CHOISEUL, 47

1872

LA

# PRESSE NOUVELLE

---

I.

Rime, belle vagabonde,
Rime d'or, ô tête blonde,
Toi qui courais par les champs
Comme une abeille enivrée,
Prends la trompette cuivrée
Et passons à d'autres chants.

I..

O Rime! c'est par la ville
De Haussmann et de Clairville
Que nous nous promènerons.
Adieu les prés pleins de joie,
Le clair rayon où tournoie
Un peuple de moucherons.


Laissons au bois les linottes,
Il nous faut prendre des notes
Sur un morne calepin,
Et, pour pénétrer les choses
Que jadis on tenait closes,
User des tours de Scapin.


Rime, il faudra, la première,
Produire en pleine lumière
Le secret que l'on cachait,
Descendre aux lieux interlopes
Et sonder les enveloppes
Sans abîmer le cachet.


O Rime! ce qu'il importe,
C'est d'entre-bâiller la porte
D'un boudoir mystérieux,

Dire au juste quelles sommes
**Cora** perçoit, car nous sommes
Devenus très-curieux,


Curieux à la manière
D'une bonne cancanière,
Non de l'art, de ses destins,
Mais de petites nouvelles
Pour exercer les cervelles
Des amateurs de potins.


O Rime! il faut nous soumettre
A ce que veut notre maître
Le Public, être exigeant,
Dont le droit incontestable
Est que l'on serve à sa table
Ce qu'il veut pour son argent.


Dans l'air où les gypaëtes
Prennent leur vol, les poëtes
Empoignaient les astres d'or
Par leur crinière de flamme;
Maintenant on les réclame
Aux deux bouts d'un corridor.

Résignons-nous donc, ô Rime !
Puisqu'il le faut, je me grime
En *reporter.* Viens, laissons
Là poëmes et ballades,
Les strophes sont bien malades !
D'autres temps ! d'autres chansons !

Chantons-les donc ! A la Muse
Donnons, puisqu'on s'en amuse,
O Rime ! un coup de poignard !
Art, mot creux, idéalisme !
Nous ferons du journalisme
Tel que le comprend Magnard.

## II.

Dénonçons, avec ivresse,
Avec joie, avec tendresse,
Tout, nos amis, nos parents,
Le chant que Bulbul cadence,
Et la douce confidence
D'Agnès aux yeux transparents.

Dénonçons, sans paix ni trêve ;
Soyons mouchards même en rêve !
O Rime ! ressuscitons,
Telle que nous l'encadrâmes,
La Venise des vieux drames
Et des romans-feuilletons.

Le gai ferreur de cigales
Battant sous les astragales
Du pampre aux coteaux d'Aï,

Une folle pretentaine,
D'une voix sombre et hautaine
Dit : « Je suis Homodei ! »


Foin du scrupule incommode !
Puis la chose est à la mode :
On dénonce aujourd'hui pour
Faire comme tout le monde.
Ce métier jadis immonde
A pris sa place au grand jour.


Joyeux et fier, il étale
Au front de la capitale
Son gros ventre et ses écus ;
Il exige qu'on l'honore
Lorsque son rire sonore
Éclabousse les vaincus.


Et c'est lui qui représente,
France, ô France frémissante,
Aux yeux vers le Ciel levés !
Pour quelques marionnettes
Le clan des hommes honnêtes
Et des gens bien élevés.

# III.

O vieille presse française,
Vidocq fait son diocèse
De ton domaine. Aujourd'hui
Devant la sombre milice
Des hommes de la police
Les littérateurs ont fui.

Le fantoche Covielle
Donne le *la* sur sa vielle
A l'aimable Jollivet,
Et le Frelon de Voltaire,
Louche et hideux, sort de terre
Entre Koning et Blavet.

Aussi quand un Gavardie
Qu'un beau courroux incendie
Dénonce un livre au bourreau,

Il fait bourdonner farouches
Un essaim de noires mouches
Du *Gaulois* au *Figaro.*


O Muse! est-ce assez de honte ?
Voile-toi les yeux. Surmonte
Ton dégoût, et dans l'azur
Envolons-nous. Que ton aile
T'emporte, Muse éternelle !
Loin de ce cloaque impur.


Oublions ces laides choses
Et dans les splendeurs écloses
Où les clameurs et les cris
De cette presse odieuse
N'arrivent pas, radieuse,
Redis-moi nos chants proscrits.

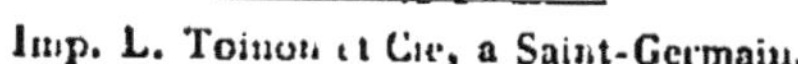

Imp. L. Toinon et Cie, a Saint-Germain.

www.ingramcontent.com/pod-product-compliance
Ingram Content Group UK Ltd.
Pitfield, Milton Keynes, MK11 3LW, UK
UKHW021056120726
13693UKWH00006B/2665